GRISOU

À Peppino et Marcella, qui m'ont toujours gardé une place dans leur tanière.
L. B.

À ma douce Sister Georgia, qui a toujours cru en moi.
Je sais que tu es toujours là pour moi,
comme je le suis pour toi. Je t'aime très très fort :)
M. B.

Publié pour la première fois sous le titre *Una tana tutta per me*
de Loredana Baldinucci et illustré par Melinda Berti,
en 2023 par Editrice Il Castoro Srl, viale Andrea Doria 7, 20124 Milan, Italie
www.editriceilcastoro.it •
13, rue de l'Odéon, 75006 Paris
www.didier-jeunesse.com • Photogravure : IGS-CP (16)
ISBN : 978-2-278-13071-9 • Dépôt légal : 3071/01
Loi n° 49-956 du 16 juillet 1949 sur les publications destinées à la jeunesse

Achevé d'imprimer en France en juillet 2024 chez Pollina (Luçon) - 50569,
imprimeur labellisé Imprim'Vert, sur papier composé de fibres naturelles renouvelables, recyclables, fabriquées à partir de bois issus de forêts gérées durablement.

PAPIER À BASE DE FIBRES CERTIFIÉES

Didier Jeunesse s'engage pour l'environnement en réduisant l'empreinte carbone de ses livres
Celle de cet exemplaire est de :
450 g éq. CO_2
Rendez-vous sur
www.didierjeunesse-durable.fr

Loredana Baldinucci

Melinda Berti

Un coin rien que pour moi

Traduit de l'italien par Béatrice Didiot

DIDIER JEUNESSE

Dans la forêt derrière chez moi,
au pied d'un vieil orme, vit une famille de souris.

Le grand-père est un rat de bibliothèque renommé. Il connaît des tas d'histoires formidables.

La grand-mère adore le jardinage et soigne les champignons de son potager avec amour.

La maman est une grande inventrice : toutes les créations de la tanière sont de sa fabrication !

Le papa est cuisinier. Le voici à ses fourneaux en train de préparer l'un de ses bons petits plats.

Quant à Gaia, elle virevolte dans son tutu.

Sureau et Rubis s'entraînent à tirer au ballon.

Moustache sait qu'un jour il deviendra un grand acteur.

Et Stella lit tous les livres que son grand-père veut bien lui prêter.

J'ai oublié quelqu'un ?

Oui ! Un souriceau assis dehors, devant la porte.
C'est le plus jeune de tous, il s'appelle Grisou et aujourd'hui il n'est pas content du tout : dans la tanière, il n'y a pas le moindre coin tranquille où ne rien faire.

Et si on ne peut pas laisser un peu de place à rien,
comment savoir ce qu'on a vraiment envie de faire ?
Grisou a tranché : il va partir explorer le monde
à la recherche d'une tanière rien que pour lui !

– Bonjour, Taupe ! Je peux rester un peu dans ta tanière ? demande Grisou à la voisine.
– Bien sûr, entre !

Chez Taupe, il y a tout ce qu'il faut.

Grisou choisit un endroit tranquille
et se met soigneusement à ne rien faire.

Raté, cette tanière est trop noire !

– S'il te plaît, Taupe, raconte-moi une histoire.
– Des histoires, je n'en connais pas,
mais j'ai de très bons navets. Tu en veux un ?

Grisou en goûte un par politesse, mais il n'a pas très faim et le noir de la cuisine est encore trop noir.

– Merci, Taupe, je repasserai te voir !
lance Grisou quand il a fini de mâcher,
et il s'en va.

La tanière de Taupe n'est pas ce qu'il lui faut.

– Bonjour, Levraut ! Je peux rester un peu dans ta tanière ? demande Grisou au voisin.
– Bien sûr, entre !

La famille Lièvre est très sportive.

Grisou choisit un endroit tranquille et se met soigneusement à ne rien faire.
Mais dans cette tanière, tout le monde a la bougeotte !

– Viens, Grisou, joue avec nous ! crient les levrauts.

Le souriceau saute un peu à la corde, mais c'est difficile et les jeunes lièvres n'ont aucune patience.

– Merci, Levraut, je repasserai te voir !
lance Grisou après son dernier saut, et il s'en va.

La tanière de Levraut n'est pas ce qu'il lui faut.

La tanière d'Ours est très grande, mais il n'y a qu'un lit et Ours ronfle trop.

Le logis d'Écureuil offre une belle vue, mais il contient tant de glands qu'on ne sait pas où s'asseoir.

La tanière de Pinson n'est pas une tanière, mais un nid !
Et on ne peut y loger que des œufs, pas des souriceaux.

Quant à celle de Loup, mieux vaut éviter d'y entrer.

À présent, Grisou est fatigué et il se fait tard.

Le monde est vaste et plein de tanières,
mais aucune ne correspond à ce qu'il lui faut.

Soudain, une voix l'appelle au loin : « Grisou ! Grisou ! »

C'est sa maman !

Grisou court la rejoindre.

– Où étais-tu, mon souriceau ?

– En promenade à travers le monde, répond Grisou, tout fier.

– Bravo, petit mulot ! le félicite sa maman. Mais maintenant, il est l'heure de rentrer. Une surprise t'attend !

Devant la tanière, tout le monde est là.

– Viens voir ! lui lance sa famille à l'unisson.

Grisou se précipite à l'intérieur.

En haut de l'escalier, il découvre un panneau sur la porte :
« C'EST ICI ! »

Et derrière la porte… la création la plus géniale de sa maman !

L'endroit idéal pour ne rien faire !

– Oh, merci ! s'exclame Grisou en serrant sa maman entre ses pattes.
– Tu nous inviteras de temps en temps ? lui demande-t-elle.
– Bien sûr ! répond Grisou. Dans mon petit coin rien que pour moi, il y a de la place pour tout le monde.

ALBUM
GRISOU
ON T'AIME FORT